灵 魂 鸟

孔祥敬 / 著

中原出版传媒集团
中原传媒股份公司

大象出版社
· 郑州 ·

图书在版编目(CIP)数据

灵魂鸟/孔祥敬著. -郑州：大象出版社，2018.3
ISBN 978-7-5347-9616-6

Ⅰ. ①灵… Ⅱ. ①孔… Ⅲ. ①诗集-中国-当代
Ⅳ. ①I227

中国版本图书馆 CIP 数据核字(2017)第 320853 号

灵魂鸟
LINGHUN NIAO
孔祥敬 著

出 版 人 王刘纯
责任编辑 李 爽
责任校对 李婧慧
封面设计 刘 民
内文设计 杜晓燕

出版发行 大象出版社(郑州市开元路 16 号 邮政编码 450044)
发行科 0371-63863551 总编室 0371-65597936
网 址 www.daxiang.cn
印 刷 河南新华印刷集团有限公司
经 销 各地新华书店经销
开 本 787mm×1092mm 1/16
印 张 12.75
版 次 2018 年 3 月第 1 版 2018 年 3 月第 1 次印刷
定 价 38.00 元

印厂地址 郑州市经五路 12 号
邮政编码 450002 电话 0371-65957865

（作者近影，摄于2017年12月）

孔祥敬

邓州市人，郑州大学中文系毕业，文学学士。中国作家协会会员，编审，文学创作一级作家，河南省诗歌学会名誉会长。1981年开始发表作品，著有《当代河南将领传》《找党》《寻梦》《追梦》等。曾荣获河南省“五个一”工程图书奖、河南省文学艺术优秀成果奖、河南省优秀图书一等奖、河南电视文艺牡丹奖一等奖、河南省人民政府实用科学一等奖、中原诗歌突出贡献奖等。

对诗当酒，人生又春

——读孔祥敬诗集《灵魂鸟》

李霞

看是河流在奔跑，风云在飘荡，烈火在燃烧，歌声在激昂，热血在沸腾，其实是生命在绽放，月光在诉说，历史在融化，诗神在飞扬，灵魂在撞击。孔祥敬新近的诗集《灵魂鸟》，让我们又一次感受到他春晨般的温暖和鲜亮。

酒旗挂着客栈岁月的记忆
风从屋檐吹来
《诗经》那幡幡瓠叶呦呦鹿鸣
《楚辞》那木兰坠露秋菊落英
诗神远游酒歌行
……
古今泪
水流东
诗神弯弓射天狼

酒歌祭苍穹

——《诗神酒歌行》

孔祥敬热情、激昂、坦诚、率真、潇洒、浪漫、正直，同时也不乏旷达、淡泊、儒雅、智慧、逸秀，极具诗人才子气质。他还像痴迷诗书、热爱朋友一样喜欢美酒。诗酒人生是古今许多诗人的共同追求和理想，其实这也是男儿精神的一种张扬与表现。诗人往往能借酒挥发才情，激荡灵感。在《诗神酒歌行》中，诗人把泪、水、诗、酒化为一体，唤古、今、神、人，融进苍穹，作品气吞山河天地，混沌日月时间，叫人惊叹沉醉。

中国文人似乎与酒有不解之缘。有人立论：一部中国文学史，上下五千年，几乎页页都散发着浓郁醉人的酒香；更有人戏言，如果拿《全唐诗》去压榨一下，起码也能淌出半斤至一斤白酒来。此言并非哗众取宠，也没夸大其词，而是非常形象地评述了酒与中国文学的关系。中国诗歌与酒的关系，其实也就是中国文人与酒的关系。从古至今，文人墨客总是离不开诗书，也离不开酒，诗酒相融、诗酒共存，他们的人生甘苦，他们的喜怒哀乐，就融入到一杯杯淡酒里，就浸淫在一行行诗文间。

德国哲学家、西方现代哲学的开创者，同时也是卓越诗人和散文家的尼采，思想博大而宏富，但酒神精神却是他思想的源泉。酒神精神直观地讲，即人在酒中或酒后，忘却自我，解除个性化束缚，归复自然，享受天人合一的狂欢状态。这种状态接近人的真实本质，也更具力量和魅力。

孔祥敬在《今晚，和诗圣一起饮酒》中写道，“酒中诗/诗中酒/一杯兴致月梢头/二杯情义仗剑游/三杯意气冲霄九”，叫我们不由想起曹操的千年慨叹“对酒当歌，人生几何?”不同的是，孔祥敬往往把诗也当成了酒，“《楚辞》那木兰坠露秋菊落英/诗神远游酒歌行”。

在《诗经》里
你是大善大美的意象
在《论语》里
你是大仁大爱的阳光
在《史记》里
你是大恩大德的榜样
见义勇为
从金木水火土风雨雷电霜的大自然走来
从礼仪仁智信温良恭俭让的大风尚走来
从唐诗宋词元明清的大典章中走来
沿着人类五千年文明长廊
留下了多少先贤达人勇往直前的足迹
写下了多少英雄楷模不屈不挠的华章

——《见义勇为之歌》

从南阳乡村到省会都市，从绿色军营到政府机关，从公务员到诗人，孔祥敬的人生三部曲，决定了他格高韵足的雄浑诗风，其如万马奔腾的磅礴之气，源于其深厚的人文修养，使其能立于人类历史文化的高原，俯视人间万象。这也与其在语言上善于运用排比句式，节奏明快，音乐感强，以及联想想象写作手法的充分运用有很大关系。这样的诗也非常适合朗诵，语音的再创造再传播，会产生令人荡气回肠的巨大感染力。

从《春天正在请客》《向北，向北奔流的生命》《渠首　盛开的格桑花》《中原大风歌》《延安抒情曲》《致曼德拉》《看望自由女神》，到《汉江上的第三个月亮》《那场秋雨那把伞》《送之不去的身影》《握住你的手》，孔祥敬的许多诗篇，都充满了大、重、正之气，深孕情、义、真之风。

有情有义，古今中外一直作为一种理想人格来弘扬和赞美。情义在诗歌里，像纯净、明亮又有热度的气息，让诗歌红润、丰盈、清洁而又温暖。现今诗坛一直被一种阴冷和自私的情绪笼罩着，虽然这些冷漠、冷酷、冷静的诗歌有时也能逼近真相，但读后让人感到寒风刺骨，心情阴郁，加之有些诗歌透出的戾气、邪气、痞气、怨气、恶气，有让人窒息的感觉。其实这就是一种阴霾，让人对人生丧失了信心。而诗歌乃至整个文学还是要引导人性向善向美，诗人必须走出自囚的冷窟，走到蓝天下面，给读者以阳光、雨露、圣洁与爱。而情与义就是诗歌中的氧气、阳气、浩然正气，有它吹拂，诗坛一定会由阴转晴，阳光普照。呼唤和强化诗人的情义意识，不仅让有情有义、重情重义成为诗人的人格，还要将这种品格日常化，成为诗人的一种习惯和本能，让这种明媚的潜意识牵引着诗人的思维、想象、情感以及言与笔，晴化和暖化着诗坛。

孔祥敬几乎每一首诗里，都充满了丰富而有气势的想象，他的诗就是靠想象而存在的。通过想象将复杂的社会生活、深沉而抽象的情思化为具体的诗意形象生动地表现出来，使具象的客观事物同自己主观的抽象情思联系起来，组成一幅优美生动的图景，从而使情思寄托在具体事物的形象上，收到“托物言志”“借景抒情”“以史咏怀”的艺术效果。

灵魂之鸟
用嘴啄掉羽毛上的血
去飞
带恨的双眼
闪现岁月的惊惶
那轮残阳
像一轮磨盘
从海上滚向大陆
要碾碎炎黄子孙的脊梁

——《灵魂之鸟》

《灵魂之鸟》是诗人写抗日战争的诗，日本鬼子举着太阳旗给中国人带来了无穷的灾难，“那轮残阳”，一个“残”字，就表达了诗人的无限忧愤痛苦之情，“像一轮磨盘/从海上滚向大陆/要碾碎炎黄子孙的脊梁”，又一个比喻，形象地描述了灾难的后果，把“残”之痛鲜血一样倾倒在我们面前：中华民族就这样到了危急的关头呀。诗的激情与感染力会惊起无数“灵魂之鸟”，“用嘴啄掉羽毛上的血/去飞”。这两个比喻正是诗人灵感爆发的结果。

而且，“灵魂之鸟”这个意象本身又给我们带来了许多想象中的想象：灵魂就应该在高处，就应该飞翔，就应该把天地衔接在一起。灵魂还应该像鸟一样飞出我们的肉体，即灵魂出窍。灵魂出窍又称出体经验，是神秘学中灵魂离开了生物的肉体，在肉体外活动的行为及经验。最简单的解释是“感觉到自己离开了自己的肉体，在自己的肉体之外活动”。灵魂出窍之事，也可以说是离魂，是准心理学上一种最怪异的现象之一。在西方，柏拉图认为哲学家的灵魂应尽量摆脱肉体，哲学家要获得纯粹的知识，就必须摆脱肉体。如何摆脱，佛教要求人们六根清净、无欲无求，诗人的回答是灵魂像鸟一样飞升而去。

可见，灵魂与精神、心灵、神秘、想象，与宗教、哲学、艺术、诗歌，都有千丝万缕的联系，诗人把这部诗集命名为《灵魂鸟》，不仅新颖鲜活，富有诗意和哲理，还会给读者留下无限想象的空间。

一根心弦
借来初七的月
船，这枚发光的渔漂
摇晃着寂寞

浪之唇
吐纳千堆雪
岸，忽隐忽现忽近忽远
正欲钓起一个惆怅
却走失了那尊弯月

望断双眼
等待大海的枯竭
可越来越深的牵挂
一头拴在磐石
一头却寻不到边界……

——《钓海》

这首《钓海》，清新婉丽，出现了“寂寞”“惆怅”“望断”“牵挂”等坦露儿女情长、男女情伤的凄美词语，甚至有些抑郁，有些缠绵，有些悱恻，在孔祥敬以宏大昂扬基调为主的诗里，显得格外醒目，尽管它数量很少，也说明诗人同样具有敏感细腻、丰富复杂的内心世界。表现手法也不同于他常用的传统的赋比兴，而是现代主义的象征隐喻，诗显得更加蕴藉、凝练和意味深长。

莫嫌弃/我的白发/它每一根/都系着历史/春蚕吐出/这又柔又长的丝/是桑田长出的绿叶

莫嫌弃/我的皱纹/它每一条/都有时间刻度/挖掘的河床/连同犁铧昼夜不舍/开垦的荒/一垄一垄在额头开示

莫嫌弃/我的嘴巴/它吃过螃蟹吃过岁月/品尝的美味佳肴甜酸苦辣/已腐蚀掉几颗牙齿/可现在的舌尖/正涌动最想说的心里话

莫嫌弃/我将会耳聋/莫嫌弃/我也会眼花/只要脉搏不停地跳/一双千里眼顺风耳/还会帮你/辨别美丑识别真假/倘若问我年龄究竟多大/实话告诉你/第二青春才刚刚发芽……

——《莫嫌弃》

《莫嫌弃》是孔祥敬人生和心灵历程中极其重要的一首诗，仿佛分水岭，标出了他生命的两个阶段：退休前与退休后。其实这也是一首宣言诗，正如一碗壮行酒，“实话告诉你/第二青春才刚刚发芽……”

人的生命可分为两个春天，0～60岁为第一个春天，61岁以后为第二个春天。“第二个春天”可能更灿烂。因为“人生六十才开始”。据研究，养生可以减少70%的提前死亡，而医疗只能减少10%的提前死亡。只要做到“顺应自然，顺天而为，天人合一，阴阳和谐”，就能达到“生如春花绚烂，走如秋叶静美”的人生至境。人的第一个春天是播种耕耘、辛勤劳作的春天，很辛苦；第二个春天应该是收获硕果、享受人生的春天，很幸福。在一定的意义上说，是从“必然王国”进入了“自由王国”之时。退休后，时间可自由支配。不用再请示汇报，不用再看人脸色行事。往日的争强好胜、恩恩怨怨、磕磕碰碰，都已烟消云散。用过来人的眼光辨清人间是非，能够心静如水，找回自我。诗人的自我就是他的诗意人生。孔祥敬退休两年多就给读者奉上了他的第三部诗集，也是他的第六部著作，当然这也是他人生“第二个春天”的启航礼。

在河南诗界，孔祥敬可谓为数不多的德高望重的核心诗人之一，可是许多诗人见孔祥敬往往喜欢用“孔哥”来称呼他，他听到此声，如沐春风，立刻面堆笑意，大声回应“老弟好”“妹妹好”，随后便是一阵又一阵的欢声笑语。离开官场，回到诗界，他才意识到自己的生命位置与心灵之家在哪里。诗意生存正是人生存的最高境界，西方哲人早就提倡“人应当诗意地栖居”。这不仅是一种乐观向上的心态、一片闲适悠然的情怀，更是一种忘我的创造热情，是进入天人合一至境的最佳途径。

中国作家协会副主席廖奔先生说:“我喜欢祥敬诗作的刚健清新，永远像梦一样年轻。”北京大学教授谢冕在《人民日报》发表《追梦者充实而荣耀》评论孔祥敬的诗作:“接续了 20 世纪 50 年代开始的颂歌传统，又饱含当今时代的新意新质，充沛的现代精神，使我们读他的诗有故人般的亲切。”中国作协创研部主任何向阳在《光明日报》撰文评论:“祥敬的诗是开阔的，他的开阔表现在他的诗纵向接通了中国两千多年的文脉。”第三届鲁迅文学奖获得者马新朝说:“孔祥敬是一个心中有诗的人。”著名诗歌评论家吴思敬说:“孔祥敬的诗以激情、大气、奔放，感染了无数的读者和听众。”

孔祥敬以往的诗歌，多因题而赋有中生有，外观多于内视，宏大多于细微，主流多于个体，知性多于经验，理性多于直觉，客体多于主体，过往多于现场，其他有中生无、无中生有、内视自身的余地还非常广阔，有如预留的大片大片的空地甚至荒地，可以尽情尽兴发挥，可以多方试验耕种，可以重新构思设计，通过向内转、向内走，充分倾听自己的灵魂，充分挖掘自己的体悟，充分引燃本我的才情，对自己的情绪和精神状态、知识储备和思考深度进行拓展和完善，将自己活成生长诗歌的土壤，并不断增加肥力，开拓领域，生长出更多更好的作品，让“第二个春天”万紫千红，惊艳世人。

2017 年 11 月于郑州

目 录

卷一

中原大风歌 3
灵魂之鸟 11
牧歌 15
诗神酒歌行 19
今晚，和诗圣一起饮酒 23
向北，向北奔流的生命 26
渠首，盛开的格桑花 31
握住你的手 35
你和我 39
见义勇为之歌 42
铜锣 44
荷塘 45
渡口 49

放生之灵　50
春天正在请客　51
逃离　52
逐雾驱霾　55
延安抒情曲　58
寻梅　63
承留畅想曲　65

卷二

新时代的绿色诗章　73
中国诗井　77
清明，去开封读诗　79
水润绿城　81
中牟诗章　86
走进重渡沟　93
郝堂印象　96
函谷之道　98
五指山，又见银河　100
汉江上的第三个月亮　102
月色挂满故乡　104

又新又美的长春姿势　107
我的诗歌在烟台飞翔　109
忆海南　113
界岭　114
感恩乡愁　116
我们一起去扶贫　120

卷三

母亲叫醒的诗篇　129
诗在故乡　132
汉画里的祖先　134
如月　136
影子　139
神往　141
野草　142
榕树　143
高雄西子湾　144
黄河，向晚的夏天　146
那场秋雨那把伞　148
无　150

钓海　151

失联　152

如果　153

告别与相视　154

你的灵魂已经附体　156

献诗　159

云线　160

微笑　161

海鸥看我练太极　162

雪花中的舞者　163

感兴新加坡　164

温哥华的时钟　166

看望自由女神　167

梦和影子　168

玻璃的感叹　170

莫嫌弃　171

初恋葡萄　173

送之不去的身影　175

致曼德拉　179

附录：创作年表　183

卷一

中原大风歌

复兴的风
吹过中南海的门窗
吹蓝了中原的天空
那燃烧的朝霞
飞起嘱托，射出万丈光芒
这是晨曦放飞的第一只银燕
它升空盘旋回望
那穿云破雾扶摇而上的姿势
自信轻盈矫健
以蓝天白云的高度
开启灿烂夺目的空中走廊
这是晨曦发出的第一趟中欧班列
拉着响笛奔驰向前
那一路高歌突飞猛进的态势
自豪稳重而又磅礴浩荡
以蜿蜒绵亘的风度
踏歌大漠孤烟

倾听异域飘来的驼铃叮当
这是晨曦开出的第一列高铁
风驰电掣
一展英姿飒爽的气势
以光芒四射的速度
弹指京广
挥手沪陕
把开放的臂膀
伸向四面八方
壮大陆上通道
让中原制造的车轮
奔跑在五大洲友谊之路上
打通水上航运
让中原挖出的矿藏
沿一条条河流远游四大海洋
织密空中丝路
让中原生产的果实
离开土壤长出美丽的翅膀
拓宽网上交流
让中原离世界最近最亲
让世界握住握紧中原的手掌

此时此刻此分此秒
那个叫作 E 贸易的平台
唱着“买全球卖全球”的摇滚
中原蓬勃发展的激情
澎湃卷入了一个伟大时代的交响

复兴的风
吹过巍巍华表
吹暖了中原的土壤
中原熟，天下足
那贝壳一样的小麦
撒入炎黄子孙刀耕火种过的沃野
柔软舒适的白雪被褥
让它们睡过正月
那起床的号只要轻轻一吹
青春的力量揉了揉眼睛
辽阔中原便开始了大海的律动
抽穗的发梢一起一伏
灌浆的怀抱一鼓一胀
骚动着，奔波着，呼唤着
一眨眼，就一眨眼的工夫

舞蹈跳跃的翠绿
已是满目金色的波浪
收割机卷起欢唱的词语
装进大中国的粮仓
走进千家万户的厨房

那粒珍珠般的玉米
跑丢了岁月揉皱的衣兜
投入六月的田垄
寻觅列祖列宗的寄托
五体伏地扎下根系
感恩的哨音习习吹来
刚刚伸出的耳朵
小心翼翼地
倾听四周沙沙的儿歌
原来是装在一个布兜的伙伴
齐刷刷列队原野
季节的指令
让它们有了胡须
有了少女头顶上的花萼
孕育着的胸脯慢慢鼓胀

一尊尊黄金宝塔
无论挂在墙上或挂在树上
都能看见它耀眼的风景
正在喂饱故乡
那粒芝麻籽
像一克拉钻石
中原的庄稼汉们
捧起它如同捧起影子
随心所欲地挥洒芒种的身姿
流火的风
把汗滴摔出九瓣
催促它发芽开花结果
开了开了开了
一朵一朵地开
一节一节地开
一片一片地开
结了结了结了
一层一层地结
一蓬一蓬地结
一串一串地结
芝麻花像一支支银色的唢呐

芝麻蒴是一排排竹青色的笙箫
它们踏着风的节拍
向着太阳演奏舞蹈歌唱

复兴的风
吹过人民大会堂的栋梁
吹绿了中原的山岗
苍劲雄浑坚韧的太行
筑起了千里绿色屏障
大气宽容厚重的伏牛
挺起了八百里绿色脊梁
婉约灵秀的桐柏山—大别山山脉
逶迤成千里绿色画廊
好一派笔走龙蛇水晕墨章
透视钟灵毓秀的绿
风姿婀娜妩媚的绿
气度飘逸超绝的绿
影像神奇空灵的绿
这绿，让你骑着青牛追赶紫气
问道函谷老聃
这绿，让你寄情山水酣饮高唱

追随纵论天下的“竹林七贤”
这绿，让你背上行囊踏着英雄的步伐
追随红色旋律的方向

复兴的风
吹过天安门广场
吹醒了中原文脉的河床
传承赓续，让圣贤穿越时空
字圣许慎说文解字“六书”概要
让复活的殷墟十五万片甲骨张扬汉字的滥觞
科圣张衡发明创造的“芯片”
已接通大众创新创业的大数据云计算互联网
弘扬医圣张仲景的医德医典医术
“坐堂”的中医遍布城乡
诗圣画圣智圣谋圣商圣律圣
一个个灿若星辰的圣贤达人
启迪我们不忘初心
实现中华民族伟大复兴的梦想
包容开放，让世界走进中原
一双双黄眼睛蓝眼睛
正在聚焦禅宗少林陈氏太极

刚柔相济的意象
一个个黑种人白种人
正在记录嵩山论剑儒释道和谐相生的力量
感叹河图洛书不朽的智慧华章
仰慕卢舍那大佛慈悲圆满的目光
惊艳洛神款款的疏影暗香
伴随独山之玉晶莹之肌剔透之肤清纯之音
清明上河的舳舻满载宋词悠扬
拥有半部《论语》半部《诗经》
半部《楚辞》半部中国史诗的中原
叩拜华夏的根脉圣贤的摇篮精神的原乡
祈福一个迈向康庄大道的中国
更加出彩更加美丽更加辉煌

灵魂之鸟

灵魂之鸟
用嘴啄掉羽毛上的血
去飞
带恨的双眼
闪现岁月的惊惶
那轮残阳
像一轮磨盘
从海上滚向大陆
要碾碎炎黄子孙的脊梁
（一队队举着膏药旗的野兽
奸淫、砍头、劈脑
甚至刺穿女人的秘密
割去男人的命根）
铁蹄远去
暮色苍茫
秋风
从纪念碑擦过

一个一个壮烈的名字
闪烁着自由的荧光

灵魂之鸟
用嘴啄了啄爪上的血
继续飞翔
带泪的双眼
闪现历史的仓皇
那条被屠杀过的黄河
那条被蹂躏过的长江
从岸上抓把土
仍能闻到浓烈的火药
（一队队跳下战车的强盗
活埋、投毒、施放细菌
施行烧光、杀光、抢光，
甚至开辟杀人的赛场）
影子飞过船尾
掉下的羽毛
还沾着硝烟带着枪响
秋风
从墓园走过

一座一座坟头
长出了又高又大的白杨

灵魂之鸟
用嘴啄净了身上的血
仍在飞翔
带伤的双眼
闪回时空的荒唐
那时的雪
是一种惊恐悲伤
那时的风
是一种残忍凶狂
灵魂之鸟
飞过枪林弹雨
在炮弹擦过的树枝上
在没有烧尽的原野上
在长满苔藓的悬崖上飞翔
它呐喊着飞越迷雾
飞越群山　飞越苍茫
它怒吼着飞越闪电
飞越暴雨　飞越灾殃　飞越悲壮

世界已睁开正义的目光

去看东方的天空

海之鸥在飞翔

山之鹰在飞翔

村庄之雀在飞翔

城市之鸽在飞翔

飞翔吧　灵魂之鸟

飞翔吧　和平的翅膀

牧 歌

那时
我的歌
是阵痛后的喜悦
躺在母亲的胸膛
轻柔纯美的曲调
充满了一个新生命的希望

不久
我的歌
跟着不紧不慢的岁月
踩着田园
吸吮土壤中长出的芬芳
荷锄归村的路上
总有一个少年
骑在牛背上歌唱

不知何时

歌上的柳叶
悄悄藏入诗行
装进了跋涉的行囊

当晨光透过乌篷船舱
浪漫的风已写醉词章
蓑衣　斗笠　芦花
小桥　流水　人家
春江　秋月
水墨丹青的笔尖
流淌着汉江婉柔秀美的歌唱

当阳光温暖珠峰
纳木错影印圣山群像
白雪　帐篷　旗云
牦牛　狗熊　野驴　藏羚羊
经幡　唐卡　朝拜者
从喇嘛寺院的长号传来
雪域高原圣洁壮美的歌唱

当月光洒在呼伦贝尔草甸

驼铃在悠远的夜色回荡
蒙古包　马头琴　手撕肉
从奶茶烈酒的牧场传来了
一群群牧马人健美豪放的歌唱
夜晚
我打开疲惫的行囊
那个会唱歌的柳叶
把书页染成了金黄
多少岁月
多少沧桑
多少忧伤
多少感慨
也许正是牧歌在指引方向

从此
我的歌
是站在土地上
那位农民
撒下祝福和敬畏的种子
用善良的布袋
去收获故乡喜欢的口粮

从此
我的歌
是飞在波涛之上
那只海燕
留下拼搏的影像
伸张仁智的翅膀
呼唤和平的交响

从此
我的歌
是火炉旁
那位铁匠
用热情与真诚
叮叮当当锻造一部不朽的诗章

诗神酒歌行

酒旗挂着客栈岁月的记忆
风从屋檐吹来
《诗经》那幡幡瓠叶呦呦鹿鸣
《楚辞》那木兰坠露秋菊落英
诗神远游酒歌行
春秋牛车战国马蹄
驮着长矛大刀驮着佳肴
也驮着老子孔子墨子百家诸子的经书
与弟子举酬百觚的仲尼
与将士共饮投醪河的勾践
留下了诗神远游的身影
寻觅秦砖上匆匆刻下的汉字
纵横一统的大业
千里相融万里相通
铺张富丽雕琢不见风骨的汉赋
你喝完酒才从梦魇中惊醒
让诗酒精神点亮历史的路灯

于是有了

东临碣石　以观沧海

老骥伏枥　志在千里

对酒当歌　人生几何

你是蘸着沉郁雄健的建安之酒

才铸就了魏晋风骨蓬勃生命

载酒的木车晃晃悠悠

一会儿西一会儿东

喝过了哭过了啸过了

你明白了那是先生在啸虎吟龙

龙章凤姿的你

琴一曲酒一杯

醉如玉山之倾

手中的笔

随曲水流觞

抒写兰亭

百年茂林修竹千年诗意画情

结庐在人境

而无车马喧

问君何能尔

心远地自偏

归隐田园的你

与阡陌桑竹芳草相伴

用诗酒荡桨

让船儿驶入桃花梦境

长安飘来的诗仙

一卷书一把扇

走遍九曲黄河

写尽千古蜀道

兴在一杯中

你看到

明月松间照

清泉石上流

月出惊山鸟

时鸣春涧中

你发出

何处能忘酒

晚来天欲雪

能饮一杯无

此身饮罢无处归

独立苍茫自咏诗

用雄浑悲壮

极尽战争之苦难百姓之不幸

时而倘徉

杨柳岸晓风残月

时而豪放

大江东去

浪淘尽千古风流人物

时而激愤

醉里挑灯看剑

梦回吹角连营

沙场秋点兵

时而婉约

红酥手黄藤酒

满城春色宫墙柳

时而慷慨

英雄恨

古今泪

水流东

诗神弯弓射天狼

酒歌祭苍穹

今晚，和诗圣一起饮酒

你从来就没有离去
那清癯的背影
就站在我们的前头
在这风清月明的夜晚
正姗姗走来和我们一起饮酒

久久等候你的饮中八仙
捧出了皇封御液
想请你在酒中诉说坎坷仕途
听你抒发
致君尧舜上再使风俗淳的追求
解甲归田的兵卒
捧出了琼浆玉液
想请你在酒中诉说
车辚辚马萧萧
“三吏”“三别” 的家国情仇
远道而来的草堂邻居

带来了溪水佳酿

想请你在酒中起舞吟唱

邀我尝春酒一酌散千忧

望眼欲穿的乡亲

捧出了陈年杜康

想听一听你

闻官军收河南河北

在哪里放歌纵酒

江上的一叶扁舟

为什么还漂泊着千年的乡愁

古到今

春到秋

功名利禄王与侯

风流莫过诗与酒

酒中诗

诗中酒

一杯兴致月梢头

二杯情义仗剑游

三杯意气冲霄九

诗中酒

酒中诗

诗人兴会竞唱酬

又举杯

歌自由

一醉方休梦悠悠

再举杯

放开喉

先生豪饮逾千秋

今晚故乡百坛酒

饮尽苍生万古愁……

向北，向北奔流的生命

奔流　奔流　奔流吧
这些激情的浪花
这些激昂的波涛
汇集在一起
凝聚在一起
卷起生命的旋律
卷起生命的力量
向北，向北
奔向三千里渴望的北方

向北，向北奔流的生命
蓝天　白云　太阳鸟
跟随着起伏的绿色徜徉
星星　银河　月亮船
伴随着弯曲的流水欢唱
欢唱吧　欢唱吧
北方那一条条干涸了多年的河床

欢唱吧　欢唱吧
北方那一群群沙哑了多年的牛羊
欢唱吧　欢唱吧
北方那一个个大地的歌手
快从草丛中站起来
振翅高歌吧
唱出你们的迷茫
唱出你们的芬芳
北方那一只只天空的歌手
快从森林里飞出来
舒展歌喉吧
唱出你们的忧伤
唱出你们的梦想

向北，向北奔流的生命
清清亮亮
浩浩汤汤
北方的原野
呼吸着南方之水的灵气
一朵朵牵牛花、苜蓿花、蒲公英会开得更加漂亮
北方的城市

沐浴着南方之水的秀气
一栋栋楼一座座桥一盏盏灯会变得更加鲜亮
北方的乡村
环绕着南方之水的神韵
一株株红杉一棵棵青松一行行白杨会长得更加昂扬

向北，向北奔流的生命
纯纯正正
爽爽朗朗
每一滴水中的汉语
每一碗水中的楚辞
每一池水中的汉风
每一湖水中的楚韵
盛满了汉江弄潮儿的性情
盛满了丹江拉纤人的器量

向北，向北奔流的生命
以光影、色彩、线条的灵感
请北方的诗人
用这奔流的光影去行吟
唱出南水北调嘹亮的华章

请北方的画家
用这奔流的彩练去调色
画出南水北调壮美的长廊
请北方的书家
用这奔流的线条去泼墨
书法南水北调的风流气象

奔流　奔流　奔流吧
这些激情的浪花
从陶岔出发
披星戴月
远离故乡
穿越伏牛
穿越黄河
穿越太行
向北　向北奔流
这些激昂的波涛
不分昼夜
追逐向往
奔流入冀

奔流入津

奔流入京

奔流到生命最渴望的地方……

渠首，盛开的格桑花

格桑花
看，真是格桑花！
红的　白的　粉的
耀眼夺目
锦绣灿烂
难道这是梦幻
我睡在青海湖畔
难道是遇到了神仙
把我带到了青藏高原
我从似梦非梦中醒来
眼前是巍巍的渠首大坝
脚下踩着秀美的丹江湖岸

美丽的格桑花
你是否记得
那些红旗漫卷的岁月
南水北调的礼炮

滚过陶岔村的上空
惊醒沉睡的禹山汤山
在朱连山巅回旋
人潮　车流　歌声
演绎了一场壮怀激烈的鏖战
那个炸断左手的独臂英雄
像你一样曾被雷霆折断
仍在暴雨中挺直腰杆
那个风姿绰约的播音员
嗓子曾被风沙吹哑
却仍张开花蕾一样的双唇
一字一句地播放惊天地泣鬼神的誓言
一个英雄倒下了
无数个英雄争先恐后奋勇向前……

美丽的格桑花
一株株杆细而倔强
一朵朵瓣小而惊艳
不怕风吹不怕雨打
不畏不惧不争不攀
常常眼含辛酸

却要望穿甘甜
多像母亲的目光
注视着孩儿的心田
此时此地
不见了挡过风雨的工棚
不见了蒸过黑窝窝的铁锅
不见了盛过野菜汤的饭碗
不见了流过汗的扁担
不见了流过血的钢钎
归来的好汉已是白发鹤颜
归来的英雄已是步履蹒跚
当年的青春已化作北去的堤岸
一渠清清的江水
伴随潺潺的回声
唱着忧伤而又深情的诗篇……

（题记：格桑花是一种生长在高原上的普通花朵，看上去弱不禁风的样子。可风愈狂，它身愈挺；雨愈打，它叶愈翠；太阳愈暴晒，它开得愈灿烂。据说，格桑花由活佛变成，可以给人民带来吉祥、幸福。2014 年 9 月 5 日随“南水北调邓州情”诗人采风团赴渠首陶岔，大片大片的格桑花盛开，令人动情感怀。谨以此诗向参加过南水北调渠首工程建设的20多万邓州人民致谢，向负伤致残的2287名民工致敬，向牺牲的141位烈士致哀）

握住你的手

那双手是厚厚的土壤
伸起来
可以听见
江河澎湃小溪叮当
那双手似巍峨山峰
举起来
可以望见
五岳耸立挺拔倔强
那双手如暖暖阳光
握起来
可以感觉
热血沸腾意气昂扬

这是一双勤劳的手
这是一双勇敢的手
这是一双正义的手
这是一双惊天地泣鬼神的手

这是一双举起来高呼人民万岁的手

一代仁人志士握住了这双手
剪掉了男人头上的辫子
砸碎了女人脚上的镣铐
推翻了最后一个封建王朝
一代伟人握住了这双手
赶走穷凶极恶的强盗
登上天安门城楼
让人民挺直了祖祖辈辈弯曲的腰

谁握住了这双手
谁就有了自由
谁离开了这双手
谁就失去了自由

谁握住了这双手
谁就可以载舟
谁离开了这双手
谁就可以覆舟

谁握住了这双手
谁就有了奔头
谁离开了这双手
谁就会栽跟头

在大雪纷飞的寒冬你握住了这双手
为双目失明的大娘和生病的大爷
送去温暖和敬重
在穷困潦倒的农家你握住了这双手
挽救了一个幼小的生命
在治理风沙水涝盐碱的灾害中你握住了这双手
用茶缸盖秫秸秆鸡毛掸子顶住肝部剧烈的疼痛
在生命的最后一刻你握住了这双手
把仅有的一块手表和一支钢笔
交给儿女作为一生的遗产与光荣……

焦裕禄同志
当我捧着你四十岁时
站在幼小的泡桐树旁双手掐腰的像
我一遍一遍地看　一遍一遍地望
是什么让你这般的飒爽

是什么让你成了共和国不朽的榜样
我一遍一遍地思　一遍一遍地想
你那双手的力量
是青春的力量
正在期待一个新的希望
你那双手的分量
是青春的分量
正在承接时代给予的担当
你那双手的重量
是青春的重量
正在抒写壮丽的华章

我多么想
多么想握住你的手
握住你青春的力量
握住你时代的担当
握住你壮丽的诗章
握住亿万人民的手掌
托起中华民族伟大复兴的梦想！

你和我

你走了
却没有离去
镜子一样真诚的眼睛
仍在凝视群众的疾苦
我活着
却没有找到自己
迷茫的眼神
总是不停地盯着
闪闪烁烁的名利

你走了
却没有离去
窗户一样灵动的耳朵
仍在倾听百姓的哭泣
我活着
却没有找到自己
装聋的耳朵

总是喜欢听
前后左右的蜜语

你走了
却没有离去
搓板一样粗糙的手
仍在帮扶那幼小的桐树
我活着
却没有找到自己
白皙的手
总想频频举起
享乐的筷子

你走了
却没有离去
磐石一样坚定的脚步
仍挚爱着那片深情的土地
我活着
却没有找到自己
忐忑的脚步
总在不停地寻找

向上爬的楼梯……

你走了
人民把你装在心里
那风中呼唤的声音
是你不朽的名字
有了你这面镜子
我找回了自己
活着，就要活得踏实
死了，不能留下半点遗憾
不能留下一丝丝愧意……

见义勇为之歌

在《诗经》里
你是大善大美的意象
在《论语》里
你是大仁大爱的阳光
在《史记》里
你是大恩大德的榜样
见义勇为
从金木水火土风雨雷电霜的大自然走来
从礼仪仁智信温良恭俭让的大风尚走来
从唐诗宋词元明清的大典章中走来
沿着人类五千年文明长廊
留下了多少先贤达人勇往直前的足迹
写下了多少英雄楷模不屈不挠的华章

踏着血色黄昏
追寻正道沧桑
当天灾人祸降临的瞬间

你以何等的胆量与穷凶极恶的危急对抗
那大义凛然的形象放射出神圣之光
谁能想象
当凶神恶煞出现的瞬间
你以何等的勇敢与面目狰狞的邪恶较量
那义无反顾的身影笑迎刀枪蔑视死亡
就在这个瞬间
就在这千分之一秒的瞬间
划分着正义与邪恶
考验着勇士与懦夫
记录着耻辱与荣光

今天，我们在这美丽的春天
为见义勇为者献花
因为，你们除恶扬善的满腔热血
温暖了中国的胸膛
今天，我们在这荣誉的殿堂
为见义勇为者敬礼
因为，你们除暴安民的崇高精神
正激励中华民族伟大复兴的梦想
让我们为见义勇为者献花敬礼鼓掌
朗诵我们赞美的诗章

铜　锣

刚刚诞生
就以火红金黄的生命
呐喊
以驱散黑暗之光
召唤暴动的灵幡
小小黄安[①]
人人好汉
铜锣一响
四十八万
男将打仗
女将送饭……
锣声如泣如诉
盘旋着回荡着
寻找那个敲锣的好汉

---

① 湖北省红安县的旧称。红安县又称将军县，徐向前元帅曾为红安题词：“两百个将军同一个故乡。”——编者按

荷　塘

荷塘月色
多么静
静得只有蛙鸣
连风也停止走动
你抱紧吃奶的儿子
和战友一起
藏在这里
敌人凶残的枪口
张开狰狞的眼睛
围剿搜索
近了
越来越近了
三十米
二十米
十米……

空气凝固

蛙鸣早已停止

只有

心

在跳动

你紧紧用手捂住孩子的

口

一秒钟

一分钟

一刻钟……

敌人终于走远

孩子却永远熟睡在你的怀里

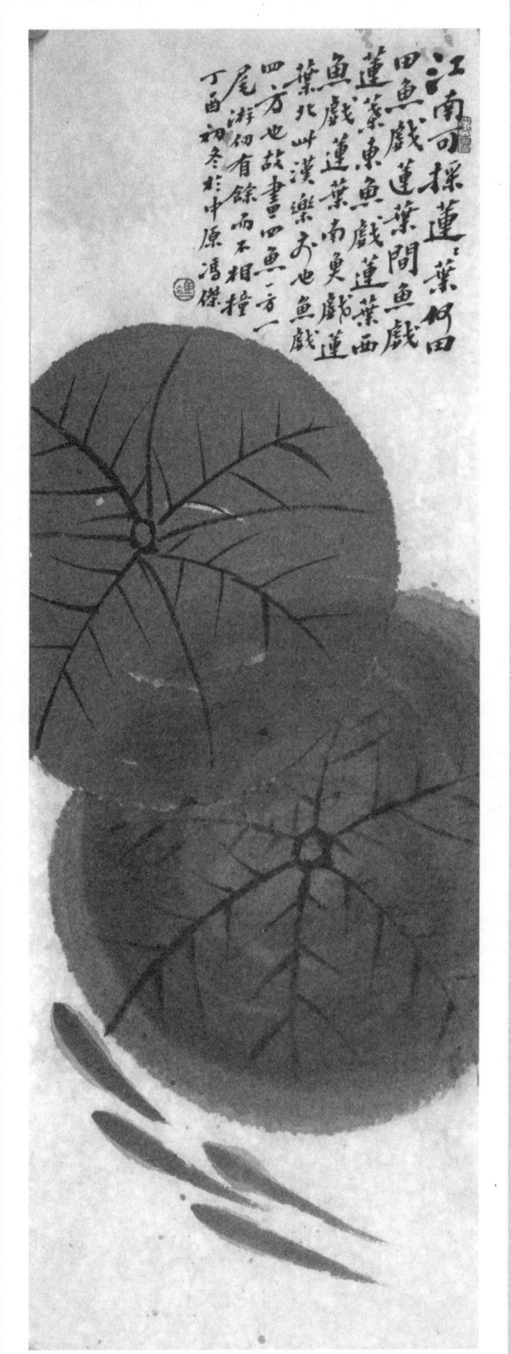

江南可採蓮、葉何田
田魚戲蓮葉間魚戲
蓮葉東魚戲蓮葉西
魚戲蓮葉南魚戲蓮
葉北此漢樂府也魚戲
四方也故畫四魚一方一
尾游仞有餘而不相撞
丁酉初冬於中原馮傑

渡　口

河界

海关可以看见的下游

没有船

偷渡的人

不在夜晚

总选择白天

此时哨兵打盹

枪在打鼾

放生之灵

清晨，一双天使般的手
从网　从袋　从笼里
放跑　放飞　濒危的生灵
中午，几双铁钳之手
用网　用袋　用笼
把濒危的生灵　运进餐厅
晚上，十几双舞蹈似的手
拿筷　拿叉　拿勺
将饕餮的野味　送入口中
子夜，放生者梦见天使的手
被网住
装入袋里关进牢笼
周围都是嘲弄的笑声……

春天正在请客

听说

一些中国的火红火红

可以把谬误煮熟成真理的炉灶

开始了冷却

还听说

一些中国的啼笑皆非

可以让腐朽化为神奇的筷子

失去了欢乐

我走进，冠冕堂皇的酒楼

无意中发现，一些无辜的鸡鸭鱼鹅

从笼子里飞向原野

鲜花

青草

绿水

染就的春天正在请客……

逃　离

逃离
逃离
为什么
没有战争的硝烟
没有水旱蝗汤
和平的原野
刚刚收割了青纱帐
绿油油的小麦
正站好队排成期望
我却第一次
逃离我写过诗唱过歌的北方
逃离生育过我养育过我的家乡

逃离
逃离
沿着高速公路逃向何方
我的车

与黑吉辽京津冀一起

穿黄河越长江

过赤壁走岳阳

经湘潭到衡阳

向南　向南　向南

广播里不断传来消息

高速被封飞机延误

中小学停课

医院急需呼吸机

警察带口罩上岗

橙色预警接着红色预警

我们昼夜兼程

仿佛后边跟着十万追兵

绕道广州直指湛江

过琼州海峡……

逃

离

三千里

是前天的惊魂

还是昨夜的梦境

绿岛

方舟穿梭

椰海

浪花飞雪

风悠悠心悠悠

云悠悠情悠悠

也许作为浪子

我的笔尖再也不会沾染尘埃

也许作为游客

我的丹青再也不会笼罩雾霾

最放不下的

依然是北方的天空

最挂念的

依旧是北方的乡亲

快让这南海的风吹向北方

快让这南洋的雨洒向北方

我将乘风泼墨挥毫驾雨

纵情歌唱……

逐雾驱霾

那时
北方的冬
萧条的影子刚刚拉长
洁白的童话
就飞舞着从天而降
雪山雪人雪狗
打一场
欢呼雀跃的雪仗
面对世界
放歌
北国风光
山舞银蛇
原驰蜡象……

当下
北方之冬
太阳还没来得及梳妆

就被妖魔捆绑
半明半暗的月亮
提着灯笼找故乡
瞅不见路
瞧不见楼
望不见河流
看不见村头那尊雕像
风，哭笑不得
一旦刮起
漫天沙尘
万灵怵目疼痛穿肠
孕育生命的河床
在排污泄脏
出产《诗经》的土壤
正播雾种霾
一座座真善美的殿堂
假恶丑肆无忌惮丧心病狂
写着绿水青山的旗帜
请摇醒大圣的梦想
借一对火眼
识破

这妖术

借一根金箍棒

赶走

这孽障……

延安抒情曲

那是谁都晓得的延河
很多很多的湾
羊肠一样
站在蜿蜒的岸边
总能听见
那位豪迈的诗人
在波光上歌唱

那是谁都知道的窑洞
许多许多的往事
烟云一样
站在纸糊的窗前
总能望见
那盏永不熄灭的油灯
放射出思想的光芒

那是谁都熟悉的宝塔

太多太多的风雨
越过身旁
站在高高的山坡
总能抚摸
峥嵘岁月
凝聚的一个伟大形象

那是谁都想去的地方
好多好多的汉子
赶着牛羊
站在崎岖的路上
总能瞅见
一座座山梁
正招手山花一样的新娘

那是谁都向往的枣园
恁多恁多的脚步
在这里徜徉
站在树下
总能闻到
信风吹拂的自由

带着甜蜜的芬芳

那是谁都会喝醉的梦乡
叮叮咚咚的字是从土里刨出来的
铿铿锵锵的词是用小米养大的
火火热热的调是西北风刮过来的
不信
你到陕北走一趟
抒情的曲子
在山窝里林子里
昼夜不息地流淌

槑有傲骨
丁酉

寻　梅

那年，在南京的梅山寻你
总也等不到雪花飘飘
让一个季节变成了孤独
又一年，在肇庆的梅庵寻你
总也听不到寒风飕飕
让一个冬天失去了记忆

那天清晨
我在唐诗里
听见王维倚在窗前问你
君自故乡来
应知故乡事
那天黄昏
我在宋词里
听见陆游站在断桥边喊你
无意苦争春
一任群芳妒

元明清的战火
曾把你清雅的枝条烧烬

却不能烧死你清雅的肌骨
东洋鬼子的战刀
曾砍断你秀美的躯体
却不能曲折你刚正的品质
就连水旱蝗汤的日子
也没有把你淹死渴死饿死
你不屈的生命
让大自然崇敬
你超凡的品质
让老百姓仰慕

我千百度地寻觅
你在哪里
有人说，你躲进山里当了隐士
有人说，你跑进城里当了贵族
有人说，你钻进画里当了雅士
到了许昌我才找到你
鄢陵腊梅不离不弃
依然在故乡腊月的土地上
开出芳香的诗句

承留畅想曲

听说你曾是马蹄声中的驿站
那名字可是春秋战国时的骄傲
残阳　烽火　古道
你目送多少英雄竞折腰
穿越久远的岁月
承留，这座历史的路标
一头拴着古老的传说
一头迎接崭新的容貌

不见了铁骑火龙绕鸟道
不见了车辚辚兮马萧萧
可你是否望见了
晋文公伐原示信后的自信
西周时的书院
唐朝时的官桥
倘若你诚心诚意去寻找
可以找到秦汉隐士商山四皓

可以找到麻姑修仙时的庙
可以找到虎岭采药的孙思邈
假若你尽心尽意地去倾听
可以听到玉真公主正在灵都观布道
可以听见李商隐月夜吟诗的情调
还可以听见由远而近激情高亢的集结号
这是城镇化集结的号角
四横八纵的道路
铺设无数管线网络
让城市与村庄手握手亲密结交
号声中，产业在这里
集结集中集聚集群集约发展
上百家企业肩并肩竞争赛跑
号声中，人才在这里集结
院士　博士　硕士　学士
纷至沓来臂挽臂奋发创造
号声中，生活在这里集结
商店　学校　医院　休闲养老
鳞次栉比千姿百态服务周到
号声中，乡恋在这里集结
湖光　山色　田园　牧歌

谁来了谁都会流连忘返手舞足蹈

承留，这座历史的路标
承接了昨天的荣耀
留下了今天的聚焦
正引领千军万马向着美好的明天奔跑

卷二

綠蔭織夢
纪念一個夏天
丁酉秋写於鄭 馮傑

新时代的绿色诗章

我有一颗绿色的心脏
每一次跳动的都是绿色的音符
我有一片绿色的肺叶
每一次呼吸的都是绿色的空气
我有一双绿色的眼睛
每一次望见的都是绿色的风景
我有一支绿色的笔杆
每一次流出的都是绿色的词语
这是中华民族伟大复兴的壮美之举
让我们舒卷在绿色的诗章里
那气势苍劲壮阔的森林绿
那气度平和宽容的橄榄绿
那气韵灵秀靓丽的孔雀绿
那气象玲珑剔透的水晶绿
那气色宁静深邃的祖母绿
让我们徜徉在这绿色的旋律里
或魂牵梦绕扶摇盘旋

或依依不舍流连忘返
或纵情放歌泼墨晕染
这是蓝天与大地的共同骄子
这是高山与河流的美丽魂灵
这是人类与自然的和谐家园

绿色的风
擦拭我的诗行
渐渐拂去遮眼的雾霾
染绿一个个窗口的风景
佳木葱茏掩映一座座亭台楼阁
小桥流水迎送着一艘艘画舫帆影
那双行走青苔石阶的脚步
刚刚拜访古镇古寨古坊古寺
却又驻足山乡村舍
静静地倾听流水潺潺泉水叮咚

绿色的雨
滋润着我的诗句
悄悄冲刷污染的尘埃
染绿一座座城市的名字

春城　花城　水城　[illegible]　森林之城
骑上共享单车的情侣
把甜蜜的话语装入
水清岸绿花香的绿色丝带里
蹒跚而来的耄耋老人
把幸福的笑容藏在
养眼养心养生的绿色长廊里

绿色的河
流淌着我的诗章
喂饱了一条条饥渴的河床
一群群沙哑了多年的牛羊
开始了洪亮豪迈的歌唱
喜鹊　画眉　百灵　金丝鸟
一个个森林高山的著名歌手
唱着自由快乐也唱着乡愁忧伤
大鸨　黑鹳　天鹅　秋沙鸭
一只只河流湖泊的卓绝舞者
舞动青春魅力也舞动新生活的梦想

绿色的我

有一双勤劳勇敢的手
我要植绿护绿
让沙漠倒退不再疯狂肆虐
绿色的我
有一双奋斗攀登的脚
我要播绿化绿
让荒山野岭变成果树满坡
绿色的我
有一颗不忘初心的愿望
用中国方案中国智慧中国力量
染绿太阳染绿月亮染绿星河
绿化一个幸福美丽的世界

中国诗井

在巩义

有一口井

距笔架山不过百步

有人说，喝了井里的水就会写诗

有人说，喝了井里的水就会梦见杜甫

谁不想喝上一大碗

这中国诗井流出的唐诗

这口井凝望星空

分明是一只深邃的眼睛

可以看见

朱门酒肉臭

路有冻死骨

这口井俯首大地

分明是一副空灵的耳朵

可以听见

战马悲壮鸣

吏怒妇啼哭
这口井仰天长啸
恰似一腔放歌的喉咙
可以纵酒吟国殇
可以愁来赋别离
可以少壮唱大风
可以孤臣诉迟暮……

在巩义
这口中国的诗井
距笔架山不过百步
从唐朝算起
已经有一千多岁的年纪

清明，去开封读诗

在光与影的交织中
风儿吹着
吹着一个城市的童话
清明，去开封读诗
诗的眼睛
已是走在御街上的灯笼
风流过朱户罗绮
曲绕过茶坊酒肆
琼阁上若隐若现愁绪
如同移动的月影

在光与影的交织中
风儿吹着
吹着一个城市的童话
清明，去开封读诗
诗的眼睛
已是挂在铁塔上的风铃

闪电劈过的双臂
炮弹炸过的腰脊
洪水淹过的双膝
泥沙仍埋着疼痛
不离不弃的土地
挽留一个顶天的身影

在光与影的交织中
风儿吹着
吹着一个城市的童话
清明，去开封读诗
诗的眼睛
已是长在汴河里的星星
相国寺的晨钟缠绕隋堤烟柳
夜雨金池沐浴着州桥月明
梁园飘来的宋韵古风
让心神且走且停
开封
一半在诗里
一半在画里
恰似这船儿摇醉的倒影

水润绿城

绿城

最先是

两只小鸟

从梧桐树上叫起

叫响了你的名字

时间

长成了历史

楼房

长成了森林

长成了山峰峭壁

鸟儿一群群飞来

盘旋着

高叫着

纵情交织的河流

是你蓬勃生长的根系

鸟儿飞向西南

看不见的手

解开了

南山拴马的绳索

抓住了

贾峪沟长长的龙须

索须河从大榆树根出发

背着渔网扛着渔叉

踏着蒲草

走入一个名叫祥云湖的家

鸟儿向东飞翔

看见了金水河诗的意象

子产

伫立河岸

似乎与游人交谈

“宾至如归”的感想

弦高

沿河边向滑国行走

他赶着十二头肥牛“犒师”

避免了郑国的一次灭亡

为什么

自己碰见了自己的影子

那个荷枪的战士

笔直地站在河的身旁

鸟儿飞临 CBD 上方

鳞次栉比的楼群

日日夜夜

吮吸如意湖美丽的营养

我有些饥渴

坐在“大玉米”的餐吧

一边喝着咖啡

一边品尝扑面而来的无限风光

这景外之景的意境

如何也挡不住

诗人与鸟儿一起欢腾歌唱

鸟儿翔集

飞过熊儿河

越东风渠七里河

绕圃田泽三匝

沿贾鲁河向西北寻觅

象湖龙湖

一派象外之象

飞翔

飞翔飞翔

低旋

低旋低旋

倾听

倾听倾听

听到了

听到了听到了

鸟儿向龙子的问话

听到了

听到了听到了

龙子温文尔雅的回答……

中牟诗章

浩瀚的宇宙
为什么把
目光聚焦在你的身上
飞翔的大雁
为什么把
翅膀盘旋在你的肩上
奔流的黄河
为什么把
你的名字一遍又一遍地唱响
中国——中原——中牟
捧着热血蘸着激情
正在抒写
无愧于历史无愧于未来的不朽的诗章

业王村
那些创造裴李岗和龙山文化的祖先
用石铲　石棒　石磨

开拓新生活的第一个梦想
萑苻泽
用奴隶武装暴动的火把
点燃了自由平等的第一缕曙光
官渡之战
金戈铁马鼓角相闻的曹袁大军
刀刃浸血的淬火烧烬西天的残阳
站在板桥
读李商隐、白居易往返京城的乡愁
铺砌出千年诗行
寿圣塔的风铃
忽远忽近忽高忽低
叮当叮当
诉说前朝后代盛衰与兴亡
走进历史的凹凸镜
可以找到战火烧毁的城墙
水患淹没的村庄
那飞蝗蔽天的原野
蓑苇残禾断黍在腥风中呼号
磷火鬼魂在孤坟荒冢中游荡……

坐在牟山之巅仰首深思
斗转星移
高天苍莽
几多天灾
几多人祸
几多聚散
几多沧桑
都没有改变你的性格你的风骨
你的追求你的梦想
在西古城
矗立起列子铜像
愚公移山精神已化为百姓的食粮
在大潘村
矗立起潘安的雕像
走出去的青年个个受到景仰
在博士村
建立最好的学堂
让朱熹读书的地方长出国家栋梁
在贾鲁河畔
塑造一群彪炳史册的形象
让对人民有功的人物成为永恒的榜样

箜篌的音符

飘入了东方魔笛

站在世界舞台

孔建华吹奏着《苏醒的故乡》

圃田

又一次焕发了青春

牟山

又一次挺起了肩膀

左手牵着汴京

右手握着商城

北依黄河守护母亲的安康

南望新郑繁忙的航空之港

历史让中牟

挑起了“郑汴一体化”的大梁

你放飞了目光

拥有世界顶级的“暴风眼”

开始了超越极限的构想

你放飞了脚步

拥有世界巨型“极地快车”

开始建造崭新的梦工厂
你放飞了心情
拥有世界最高“真空造浪池”
开始了自由幸福浪漫的翱翔
伴随你的脚步在绿博园的草坪上徜徉
伴随你的身影在国家农业示范园观光
伴随你的旋律在雁鸣湖碧波中荡桨
快，撒一张网吧
撒下的网会网起生活的欢畅
快，弯一下腰吧
弯下的腰会丰饶劳动的芬芳
快，唱起歌跳起舞吧
你会在歌声里舞蹈中神采飞扬
让我们一起奋笔疾书
抒写中牟更加瑰丽壮美的诗章

丁酉初
馮傑記

走进重渡沟

轻一点，再轻一点

千万别惊醒你的睡梦

那是藏在伏牛山的乡村

一代又一代的山民在这里繁衍

一辈又一辈的祖先在这里农耕

鸡犬总相闻

童叟无白丁

袅袅炊烟里

依然再现古朴的茅屋草棚

青山绿草上

依然飘来牛群叮当的铃声……

慢一点，再慢一点

千万别惊动你的竹影

那是长在伏牛山的乡魂

一株一株在这里长青

一丛一丛在这里茂盛

人依竹而居

竹与人盈庭

月色下

游子去寻觅你不屈的气节

曲径中

来客正追赶你高尚的品行

静一点，再静一点

千万别惊扰你的琴声

那是流淌在伏牛山的乡情

金鸡河在松石间低吟

滴翠河在磐石上共鸣

是天籁之音

还是诗韵松风

谁在溪畔

静静地观察上善若水的意境

谁在亭内

静静地聆听奔流到海的叮咛……

郝堂印象

最初的向往
是一首诗的意象
清晨的烟雨
遮挡了视线
你的身影
在云中躲藏
那条不倦的清溪
沿竹根流淌
牧笛悠悠
诉说一座山的忧伤

那年的寻找
是一条路的印象
弯曲的石径
野草丛生
远处的杜鹃
正开始怒放
挡不住的诱惑

打开门窗
春风正拂去尘土
为你悄悄梳妆

今天的拜访
是一幅画的形象
蓝天染瓦
白云粉墙
小鸟歌唱
少年的书声
越过荷塘环绕山梁
坐在古朴的茶社
一边倾听熟悉而又亲切的乡音
一边品读自然而又美丽的郝堂……

函谷之道

那个紫色尽染的秋天
你骑着一头青牛
开始西行
是去归隐
还是远游
函谷关以何等的盛情
留住了你的步履
留住了你的从容
也留住了一部中国人的《圣经》

朝代更替
不见了多少帝王将相
时光穿梭
送走了多少英雄
那部刻在竹简上的道与德
犹如日月
不舍昼夜

与天与地与人与自然息息相生
不论是黄眼睛
还是蓝眼睛黑眼睛
一束一束渴求的目光
都在读着你那五千言经典
一字一词一方圆
执重清静
一笔一画一河流
泽物不争
一句一段一哲理
潜心修行
一章一卷一世界
天下玄同

函谷之道
已找不见那头青牛的蹄印
你向西而行的踪影
却留在了秦岭汉水
武当七十二峰
你不同凡响的心音
一次又一次敲响岁月的暮鼓晨钟

五指山，又见银河

地上的河
不是记忆过去的欢喜
它在哭
可泪只有一滴
已毫无力气
只是遗憾
怕这滴
为裸露的石块泥沙
失去了遮挡的哭泣
也会把喉咙割去

今夜
上弦月升起
畅和农场十八队
橡胶林与槟榔树顶
一条银河自东向西
只有一种个性

自然飘逸

那些少年的顽石

挂在河岸

放射对人间的疑虑

是谁

为什么这般无忌

先把地球变暖

又晒干河边的草木

甚至不顾一切

剥去灵魂的衣服

让疯狂的歌唱

蹂躏一个时代的音符

汉江上的第三个月亮

这个夜
我漂流在汉江
那第一个月亮
是我的楚词汉语
从很远很远的祖先
就挂在天上
第二个月亮
是祖先的影子
印在江上
我乘坐的小船
拖着我的生命与向往
就像
被灯火燃烧成
云卷云舒的汉江
天与地之间
有一双眼睛
正在穿越风浪

母亲

正坐在船头

望断岸山

任父亲的橹划落太阳

她

期待的

是沉默的力量

为儿子寻找一个

柔情似水的月亮

月色挂满故乡

小时候的月色挂在树梢
我想把它摇下来
后来，月色挂在我匆匆忙忙的路上
归来的月色
从参岑捎信的马背上走下来
从花洲书院的窗台上走下来
从福胜寺的塔尖上走下来
染白我倔强的发梢
燃亮我沧桑的脸膛
今夜无眠
月色挂满故乡……

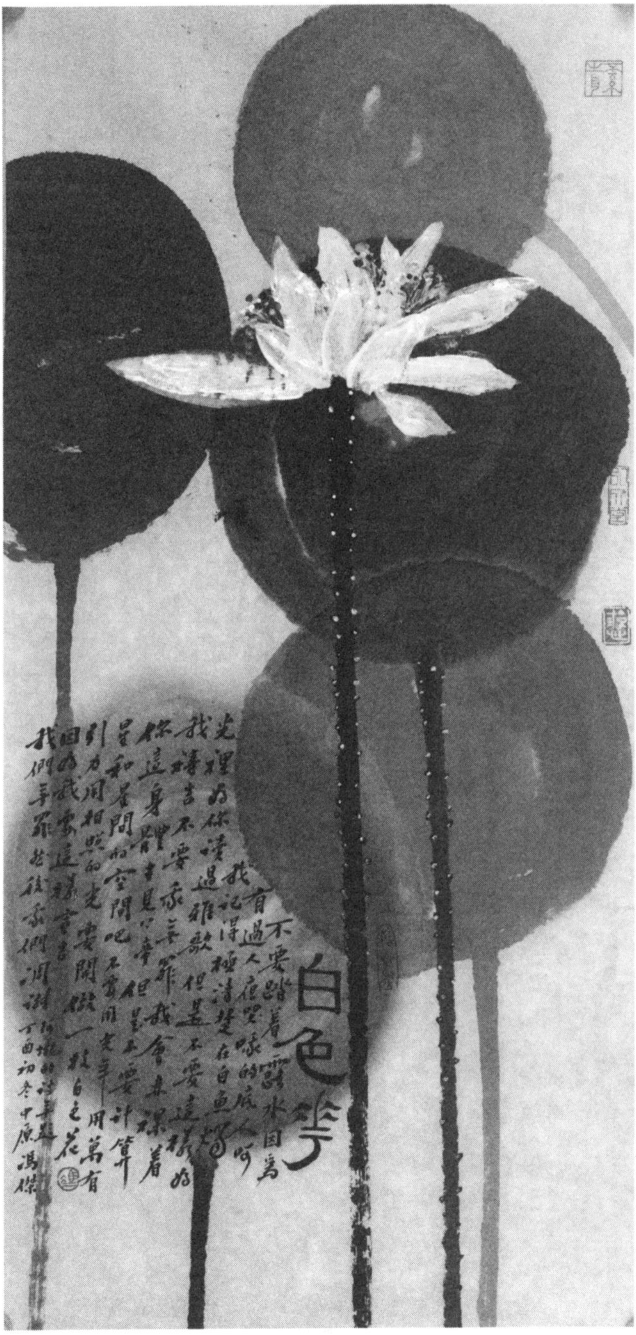
白色
丁酉初冬中原馮傑

又新又美的长春姿势

秋天的风
最先从长春北边的新区刮来
透过野草的瞳仁
晶莹的汗
在淡黄的叶脉流动诗意
劳动的长臂
让楼宇琼阁登上云梯
触摸太阳的羽翼
这片古老的土地
正施展一种飞向崇高的姿势

秋天的鸟
似乎也是先从长春北边的新区飞来
晚霞落座的长椅
是谁在窃窃私语
清风以动漫的创意
在主题公园散步

那些来自异域的雕塑
说着童话追忆往事
这片热情的土地
正伸展一种自由浪漫的姿势

此时，秋天的月
刚刚从北湖升起
桥上走过的汽笛
来不及歇息
就匆匆醉入澎湃的街市
玉带缠绕的新区
披着霓裳彩衣
露珠上的目光
在偷偷窥视
每一扇窗户藏着的幸福
这片长春的土地
又在变幻一种怎样美丽的姿势

我的诗歌在烟台飞翔

那年你出生在台湾
是一台电视机的旋钮
旋动着七十年代的黑白屏幕
调高调低一家人喜怒哀乐的音响
那个叫鸿海的少年
像一只刚刚会飞的海燕
多么想飞高飞远
飞过海峡飞到祖国母亲的胸膛
海风吹起了你的翅膀
海浪托起了你的梦想
21 岁的你
悄悄飞过海峡
飞到了母亲的身旁
你用一个响亮的名字——富士康
在深圳安家
在母亲温暖的怀抱里成长
从珠江到长江

从南方到北方
从渤海湾到逐鹿中原的战场
你迎着风雨迎着闪电迎着太阳
飞越巍巍高山飞越广袤平原飞越浩瀚的海洋

此时
你展开的翅膀
向东向东飞翔
飞向太阳升起的地方
一片蓝莹莹的海
一座绿油油的山
一湾忙碌碌的港
偎山抱海的烟台
聚焦着无限深情的目光
这里曾是点燃狼烟的墩台
这里曾是抗击倭寇的沙场
俯瞰这片自豪与骄傲的土地
你吹响了烟台富士康的集结号
以战斗的姿势集合起一支支队伍
以战斗的气势矗立起一根根栋梁
以战斗的阵势托举起一栋栋厂房

以战斗的态势创造了烟台速度烟台效益
在山东半岛举起了富士康又一个崭新的希望

此刻
我们走进烟台富士康
走进一个科技编织的花园
花园里长出了八万棵参天大树
花园里飘来了八万缕温馨的花香
走来了八万个朝气蓬勃的神兵天将
一双双灵巧手上的每一个部件
都是烟台富士康人创造智造的意象
一条条流水线上的每一次组装
都是烟台富士康人抒写的诗行
那一艘艘远洋的轮船
那一条条起飞的航线
闪亮着烟台富士康人的荣耀与辉煌
今晚
让我们一起走进心灵的驿站
放松心情放下劳累与紧张
今晚
让我们一起面对心灵的物语

倾诉甜酸苦辣倾吐孤独与忧伤

今晚

让我们一起伫立心灵的窗口

仰望星空仰望神秘的天象

歌唱爱情　歌唱友谊

歌唱美好的向往

歌唱新时代烟台富士康

飞得更高飞得更远飞得更美的诗章

忆海南

海南美
最忆五指山
椰奶槟榔香蕉花
坐听鸟鸣南圣泉
风爽送悠然

忆海南
梦醒睡桃源
登楼饮茶观天象
银河摇落白云间
泪眼望中原

界　岭

仰望界岭
奇葩丛丛凌太空
秀峰挺立
雄齿竞峥嵘
脊脉连绵横东西
自此南北江河明
连连绵绵叩大地
起起伏伏向苍穹
烟霞欲飞行
带走了多少孤独的踪影
清泉涤尘去
远送了多少烦闷多少沉重

拾荒而上
恰遇荷柴樵夫而下
密林茂木
野花小草
幽韵丽句

藏入曲折的隐语
听不清竹叶摇曳的私情
松涛起
险崖峻巅
有嵯峨者岿然从容

一道佛光
不问夕阳晨曦
透视云烟雾霭掩遮的薄纱
朗照一尊惊讶天姿
把这自然的裙衫
点上桃红
皴为碧绿
染成魏紫
琢出白玉
当风儿轻轻吹来
这景色又随瑞气岚裳慢慢飘离
这时，你的眼神也在慢慢地飘
飘得高远
飘得湛蓝
飘得神秘
飘得不能自已
忘了界岭那边的记忆……

感恩乡愁

那天
你把乡愁装入辛酸的童年
悲痛的泪水
哭不醒黄泉路上的亲娘
刚刚六岁的小手
无论如何也拦不住谋生的父亲
挑着担子远走他乡
刚刚两岁的弟弟送给了别人寄养
四岁的妹妹依靠你
一双稚嫩的肩膀
扛起了生活的苍凉

这年
你把乡愁装上青春的行囊
一座城市
走来了一个十八岁农民工的形象
举目无亲

颠沛流离
那片嘈杂的建设工地
成了你用武的战场
白天
把一块块砖一样的奉献砌进墙体
把一滴滴汗一样的辛勤浇进钢筋水泥
夜晚
把一行行闪烁的字母投进目光
把一本本难啃的书本吃进胃肠
从此
年轻的生命开始了一种崭新的拓荒
太阳，无私地照耀着每一天的希望
月亮，深情地注视着每一晚的梦想

当你率领的建筑队伍浩浩荡荡
凯旋的荣誉与辉煌
铺满人生的道路挂满幸福之墙
你碗里的乡愁也越来越醇香
多少次
你梦回大别山
多少次

你站在双柳镇晏岗村旁
那些帮你挑过水种过地的大爷大伯
那些帮你做过饭洗过衣的大婶大娘
那些帮你缝过衣补过鞋的大姐大嫂
已是步履蹒跚满面沧桑
有的无儿无女孤寡一人
有的积劳成疾久卧病床
有的留守旧屋无人扶养……

为他们建个养老院吧
因为孤独差一点让你失去了刚强
是他们一双手一双手的拉扯
才使你爬起来有了志向
为他们送去米面吧
因为饥饿差一点让你失去了生存的力量
是他们一滴水一口饭的喂养
才使你像一棵树在风里雨里成长
为他们送去衣衫吧
因为寒冷差一点把你冻僵
是他们一件衣一双鞋的温暖
才使你的童年有了阳光

你虽然不是富商

却有感恩的衷肠

为乡亲铺路

为家乡建校

为白血病患者捐款

为癌症患者解囊

只有把乡愁装入胸膛的男儿

才能谱写这样执着而深情的诗章

我们一起去扶贫

当我们乘坐复兴号列车
穿行在祖国大江南北的时候
你是否看到车窗外
富饶美丽的风景还有贫困的村庄
当我们在蓝天白云中飞翔
你是否看到机翼下
逶迤壮丽的山河还有贫困的土壤
当我们登上摩天大楼
你是否看到城乡接合部
繁荣昌盛的街市还有贫困的现象
当我们进入甜蜜的梦乡
您是否梦见遥远的故乡
还有贫困的兄弟贫困的姐妹贫困的爹娘
扶贫去，到国家集中连片特困地区的每一个县乡
扶贫去，到老少边穷生活在深度贫困的每一个村庄
扶贫去，到还没有栽上果树长出花草的贫瘠山梁
扶贫去，到老弱病残无依无靠孤儿寡母的乡亲身旁

我们一起去扶贫
挖掉贫困的根种上富裕的粮
我们一起去扶贫
修出幸福的路盖好舒适的房
我们一起去扶贫
让每一个家庭都充满温暖的阳光
我们一起去扶贫
让每一个乡村都走上康庄大道

打赢脱贫攻坚战
决胜全面建成小康社会
总书记发出的号令气吞山河磅礴雄壮
从南到北从东到西
千军万马万马千军
在九百六十多万平方公里的大地上
摆开了大进军大决战的战场
这是不忘初心的红船又一次在南湖起航
这是不怕艰难的红军又一次抢渡金沙江
这是不惧倭寇的八路军又一次百团大战巍巍太行
这是不畏强敌的解放大军又一次百万雄师横渡长江
这是独立自主站起来的中国人民的梦想

这是改革开放富起来的中国人民的愿望
这是民族复兴强起来的中国人民的胆量
这是一个伟大党伟大国家伟大民族的庄严承诺勇敢担当
人类历史
将永远铭记 21 世纪的中国写下的
这部前无古人后无来者的不朽诗章

乘着新时代的浩荡东风
我们走进天地之中的中原
走进老家河南 1 亿多人的目光
放眼望去
一面面脱贫攻坚的旗帜
正在“三山一滩”高高飘扬
俯首倾听
“五个一批”“六个精准”的号角
正在广袤的原野嘹亮
在枝繁叶茂的焦桐下
刚刚脱贫的兰考乡亲
激情满怀地
给我们讲述总书记语重心长的嘱托
讲述用焦裕禄精神增强发家致富的力量

在南水北调渠首
移民搬迁的淅川乡亲
深情地给我们诉说
他们用生命守护美丽的丹江
过上好日子的幸福时光
从大别山伏牛山太行山走下来的乡亲
一遍又一遍向我们介绍
绿水青山就是金山银山的方略
正引领他们走出困境扔掉贫穷的魔杖
从黄河滩区搬出来的乡亲
争先恐后地向我们吐露
他们离开滩区安居乐业
实现美好生活的向往
在扶贫老大难的狮子口
第一书记含泪倾吐
她远离心爱的家人
呕心沥血扑在扶贫路上的辛酸与盼望
一个个战斗在第一线的
扶贫书记扶贫县长扶贫乡长
把脱贫攻坚的蓝图装进联系百姓的心上
一个个奋战在脱贫攻坚战壕的

设计师工程师驻村队员攻坚队长
把扶贫攻坚的时间表铺在通往致富的路上
一个个工作在扶志扶智岗位的
专家学者文化教育科技扶贫组长
把幸福安康的钥匙送到每一家农户的手上
千万个企业千万个团体千万个志愿者
献出了致富的方案
伸出了温暖的手掌
托起了全社会攻坚克难的力量
中原人民
正用铮铮铁骨烈烈血性滚滚汗水
谱写了一曲曲感天动地催人泪下荡气回肠的恢宏乐章

我们在起伏的中原山岗行走
看到金灿灿的生活已挂满秋天的院墙
我们在平坦的中原大地穿越
看到绿油油的希望正覆盖冬天的土壤
我们在辽阔的中原飞翔
看到星罗棋布的村庄长出了崭新的气象
我们在热情的中原采访
一个个父老乡亲挺起了胸膛

脸上洋溢着藏不住的春光
我想，到了 2020 年
在脱贫攻坚全面胜利的凯歌声中
我要举起如椽的大笔
纵情抒写富强美丽的中国中原
展现给全世界更加出彩的景象

卷三

母亲叫醒的诗篇

春节
被母亲叫醒
敬礼　敬礼
快起快起
带上老二老三
去磕头……
那温暖的声音
点燃了过年的红烛
我们穿上
老人缝补了一冬的新衣
挨家挨户
从村东磕到村西
磕得爷爷奶奶喜笑颜开
磕得叔叔伯伯欢天喜地
磕得一村子欢声笑语
那时
不让烧香不让拜佛

磕头的少年
留下了最虔诚的记忆

春节
被母亲叫醒
敬礼　敬礼
快起快起
我揉揉眼睛
发现身边躺着
和自己一样年轻的士兵
从枕头下悄悄地
摸出读了又读的家信
那温暖的声音
盛满了除夕的军营
那年
不让请假不让回家
为了安宁
站岗的青年
留下了一生最崇高的身影

春节

被母亲叫醒

敬礼　敬礼

快起快起

那温暖的声音渐行渐远

似是昨天追赶着前天

仿佛方舟带着穿越

一个又一个星空与时间

母亲在烧火做饭

父亲在书写春联

我磕过头的

爷爷奶奶叔叔伯伯

正围坐一起

谈古论今颐养天年

此刻

我从暖梦醒来

到了诗歌的壮年

奋笔写下这首母亲叫醒的诗篇……

诗在故乡

你

石破天惊撕心裂肺

第一声啼哭

撼动汉江

血性胎盘

盆一样

承接天籁孕含慈悲

挣扎呻吟阵痛

呼唤千万次的乳名

南阳　南阳　南阳

我是这撼天动地

千万次呼唤的儿郎

装着白河流量的母语

背着独山玉一样的胎记

寻找诗和远方

孤独的期望

漂泊的忧伤
思绪对接遥感的星光
一次次把远去的诗神
拉回盆地
拉回南阳

满载归来的惆怅
青春锐利的笔锋
变幻季节
向原野秋色张望
飘飞灵魂的诗句
已穿上蒹葭露霜
界岭　炊烟　游客　僧侣
骑在牛背上的少年
扬鞭而去
追赶回家的牛羊
熟悉的风
用亲切的母语
向南阳盆地歌唱
诗在故乡

汉画里的祖先

以刀代笔
凝练飘逸浪漫豪放
血性流入醒着的石块
经络刻入蹲着的石阙
骨骼雕入站着的石碑
雄起磅礴富丽铺张奔放的语言
复活了大汉王朝南都帝乡
播种锄草收割
冶铁造车酿酒纺织
拜谒讲经宴飨舞乐弄杖
出行狩猎博弈车骑征战沙场
汉画里的祖先
藏着太多太多幻想
活着的庄园城堡楼阁厅堂
田园牧歌富贵荣华
连同一个个
执彗执笏执戟执盾的门吏

端灯提囊抱童捧香炉的侍女
也要带入天堂
护佑的朱雀玄武青龙白虎
向往日月星辰极乐天象
羽人乘仙鹿神鸟飞翔
汉画里远去的祖先
回来了回来了
带着长者回家的庄重慈善
带着英雄归来的威武雄壮
带着皇家故里的大气浩荡
让汉风的音容笑貌
解读一个语重心长的南阳

如　月

西施

不是长在西湖

刚刚飞进眼里

却很快长在了心里

如月

挂在初七的桂树

透过害羞的秋叶

窥探一首诗的秘密

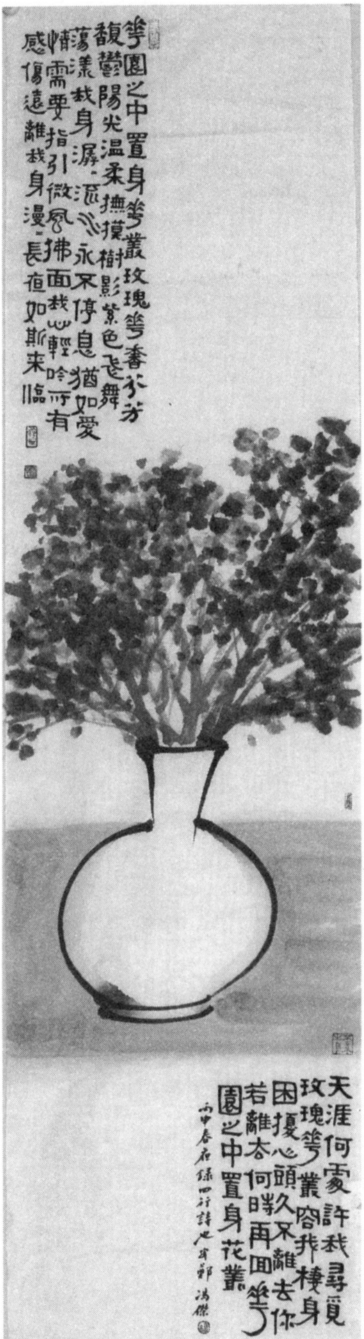
花園之中置身花叢玫瑰花香芬芳
馥鬱陽光溫柔撫摸樹影紫色飛舞
蕩漾我身潺潺源源永不停息猶如愛
情需要指引微風拂面我心輕吟所有
感傷遠離我身漫漫長在如斯來臨
天涯何處許我尋覓
玫瑰花叢容我棲身
困擾心頭久不離去你
若離去何時再回花
園之中置身花叢

影　子

我的灵感随风飘逸
碰见云朵就会飞翔
遇见闪电就会下雨
钻进大山就会瑰丽
这一次
我要跳入大海
变成鱼
变成石
变成珊瑚
寻觅另外一种世界
倘若
躲在您的海底
您猜
也猜不到
看也
看不到
等到晨曦升起

海的镜子一定

让您

发现我就是

您的影子……

神　往

光影
掠过诗的想象
鸟语
构思飞的翅膀
骑着白驹追赶
近似疯狂
拴不住的
正是这箭一样的神往……

野　草

你像风一样任性
倘若压迫的车轮来了
你不畏不惧
就是轧过一百次
也会昂起头颅
你似雨一样执着
倘若阉割的犁铧来了
你不屈不挠
就是折腾一千次
依然根扎大地
你如光一样温柔
倘若那匹马儿来了
就是仰卧一万次
你不离不弃更不会厌烦它的鼻息……

榕　树

你

在南方屹立

枝

臂的延伸

叶

肺的呼吸

根

龙盘虎踞

那随风垂下的胡须

通天接地

稍不留神

便疯长成了一个庞大的家族

高雄西子湾

西施
自你离开那个君王
人们都在寻找
从杭州到扬州
从秦淮河到扬子江
沿着可以泛舟的地方

西湖
瘦西湖
从史诗到歌赋
从风流才子到帝王将相
有人把你的名字写在书里
有人把你的名字刻在心上

你在哪里
呼唤的思绪
如蚕儿吐出绵长

放飞的秋蝉

究竟在哪片云中忧伤

高雄

西子湾

我找到了你多情的目光

正穿越湛蓝湛蓝的大海

望着故乡那扇梳妆的木窗

黄河，向晚的夏天

这里很美
写首诗吧
你写第一句
这么美的地方
就是不知从哪儿写起
写浪遏飞舟
我的胳膊都红了
你是不是很害怕？
是怕你害怕我才不松手
写长河落日

没有一丝风
很静很静
只有野草
还是几千年
就生长在母亲身边的那种
浪漫自由

她似乎听懂了

关关雎鸠

也看懂了

夏天向晚

他们是一对初恋的朋友

那场秋雨那把伞

秋雨从纬四路

上空刮下

灯

昏黄暗淡

车

拥挤蹒跚

拧紧一座城市的喉管

徘徊

挂在丝露发屋的门口

雨稠

心愁

他的一只脚

就要迈向无奈

突然

一把伞撑开举起

此时

那雨

在少女肩上飘逸

他举着伞

像举起青春的花瓣……

无

告诉我
一个无的解释
我会报答你一片白云
其实，谁也不知道
什么是有
什么是无
老子庄子正在逍遥
我们还在论战不休
这初七之夜
谁看见鹊桥上
走来的牛郎织女
那哭哭泣泣的泪水
年年如此
为何感动不了上帝
樵夫说
白云擦了擦汗
人间才有了七月初七

钓　海

一根心弦
借来初七的月
船，这枚发光的渔漂
摇晃着寂寞

浪之唇
吐纳千堆雪
岸，忽隐忽现忽近忽远
正欲钓起一个惆怅
却走失了那尊弯月

望断双眼
等待大海的枯竭
可越来越深的牵挂
一头拴在磐石
一头却寻不到边界……

失　联

失联
已经三天
忧郁的
又闷又热的
这个夏天
寻觅的目光
射出耀眼的闪电
去找丢掉的魂
云中的仙
滚滚的雷声
发出了心的呼唤
你听见了
请挥一挥手
把染泪的手帕
从空中抛下
淋湿我刚刚写好的诗篇

如 果

如果我们在沙漠相遇
就在沙丘植一片绿洲
如果在森林相识
我们就和鸟儿签署一个户口
如果我们在大海相见
就在海上造一叶方舟
如果在城市相知
我们就生活在一栋小楼
如果在旅途中相爱
我们就一前一后
如果你怕走丢
就紧紧抓牢我的手
如果你怕恶梦
就把耳朵贴近我的胸口
倘若，丢失了
请不要慌乱
我一定藏在你的衣袖……

告别与相视

高速列车
似乎在缩短一种相思
这只是面对距离
当握别的手刚刚离去
那匹野马
箭一样背道而驰
爱的真实不仅仅是一种情绪
谁能说清
黑土地黄土地上为什么长出
一样的太阳一样的月亮
谁能猜透
昨夜的闪电为什么
会诞生又一个妩媚的晨曦
其实
在时间和空间里
那两个姗姗来迟的影子

早已是盛夏的雨滴

让列车返程吧

轻轻地停靠在相视的距离……

你的灵魂已经附体

我说了一千个对不起
也不会感动上帝
因为爱
已经犯了错误
其实，我早就把秘密
锁进了抽屉
可梦里她总偷走
那把珍藏的钥匙
睁开眼
满屋都是迷离
赶也赶不走的
却是你的灵魂已经附体

無風
丙申春
馮傑

献　诗

当傍晚的风
散发出月光
那只天上的碗
虽然曾经盛满过起伏的海洋
也曾鼓起过青春的乳房
还以蔚蓝色的崇高
任星星闪烁
云儿飘飘
鸟儿歌唱
今夜
她拉着我的手说
我带你一起飞翔
无论多远
只要认定一个方向

云　线

仅仅是湛蓝湛蓝
像海
并不稀罕
有帆
挂在远方
让心思念
多想抽成线
轻轻地把灵魂拴
等待
等待
等待时间的雷霆
将横跨的云之线
感动为
垂直的雨帘……

微　笑

听不懂他们的母语

可是

黑色土地的

蔷薇花

很是圣洁

听不懂他们的谈话

然而

那白色土壤的

玫瑰花

特别热烈

我黄色皮肤上待放的牡丹

向

黑色的笑

白色的笑

报以春色……

海鸥看我练太极

旅途中的一个下午
停在安大略湖
不去登多伦多塔
脚步拍岸
手与臂左呼右应
上起下伏
向空中画一个又一个弧
海鸥
收拢飞翔的翼
站在草坪
似懂非懂
看我练东方太极……

雪花中的舞者

时光曼妙的音乐
飘着轻柔的雪
舞者
肩扛滑板
平平仄仄
为一首自由诗
去起承转合
木屋燃烧的火
在消融那个冰冻的世界

感兴新加坡

昨晚
披着星光的羽毛
划入太平洋的鸟巢
静谧的灯
撒手伞一样的树梢
睡吧，疲倦的羽毛！

晨风
吹醒鸟巢
世界开始了鱼尾狮般的喧嚣
汽车在乌节路奔跑
牛车水打开店铺
滨海湾把航船举上云霄

帆影
海鸥翔绕
靓女薄衣踏沙来

俊男弄潮逐浪高

云悠然

花芭山前景色飘

诗人入醉小岛

温哥华的时钟

时钟
在街头冒着蒸汽
缥缈似的
在调节一个没有空调的城市
把脚步调慢
别踩坏我身上长草的绿衣
把速度调低
别影响我肺部呼吸新鲜的空气
把声音调小
别惊醒我熟睡的梦呓
温哥华的蒸汽钟
悄悄地调节
一个城市的温度湿度
也调节生命的幸福与美丽

看望自由女神

那年不远万里前来看你
风暴刚过乌云又遮住了双眼
去年
你受了风寒
很想很想来看你
真的很害怕传染
此时
你还在住院
机器手做着治疗
看望的船不能登岸
梦幻总会让神遗憾
谁去体贴温暖
手持火炬高喊前进的女郎
矗立纽约之港
慈祥冷漠地注视
大海对岸
巴黎街头那场激烈的枪战

梦和影子

梦
影子
装入岁月的
竹笼
有的随风
有的藏匿

远去的疼爱
仍然紧抓飞翔的羽翼
留下的模样
悄悄尘封碗底

江南的罗敷
此时正在
灵隐寺祈福
江北的木兰花
到了冬天

也要去少林寺起舞

梦
影子
是与非有和无
乱飞着词语
竹笼的风吹着
口哨
跳舞的却是
那远去的羽翼

玻璃的感叹

那透明的裸体
随时在等
让饥渴把时空填充
一双双触动的手
忽而热情忽而冷冰
总也捉摸不定
那光明的镜子
随时在等
一双双停留的脚
或者向左或者向右
谁也无法立定
倘若，你变成了那双手
从镜子出走
全世界都会看见一个身影……

莫嫌弃

莫嫌弃
我的白发
它每一根
都系着历史
春蚕吐出
这又柔又长的丝
是桑田长出的绿叶

莫嫌弃
我的皱纹
它每一条
都有时间刻度
挖掘的河床
连同犁铧昼夜不舍
开垦的荒
一垄一垄在额头开示

莫嫌弃
我的嘴巴
它吃过螃蟹吃过岁月
品尝的美味佳肴甜酸苦辣
已腐蚀掉几颗牙齿
可现在的舌尖
正涌动最想说的心里话

莫嫌弃
我将会耳聋
莫嫌弃
我也会眼花
只要脉搏不停地跳
一双千里眼顺风耳
还会帮你
辨别美丑识别真假
倘若问我年龄究竟多大
实话告诉你
第二青春才刚刚发芽……

初恋葡萄

第一次
把诗的意象作为饕餮
装入回家的书兜
青色的紫色的玫瑰色的
葡萄
是少女少妇少男的乳头
还是风情万种的漫游
这仲夏的夕阳
吟尽春风百花之后
才让我在郑州醉酒
没有音乐
没有舞伴
军人的脚步
恰似狂欢的节奏
站定了嵩山四友
那场战争的归魂
惊醒了青年乡愁

谁让你这般珍藏

中国精神

兄弟情谊

人性骨头

马的目光如炬

瞧那飘逸的发梢

正要撬动整个地球

送之不去的身影

九月三日下午四时五十分
你的心脏停止了跳动
九月五日上午九时
我们为你送行

樱桃沟，那座人造的灵堂
花篮花环花墙
一朵一朵泪珠
写满了熟悉的名字
你安详地躺在那里
紧闭一对灵目
两耳却在倾听，在倾听
一阵又一阵叫魂的响器

魂去来兮
马营村那片月光
正透过木格窗子

伴你冥想苦思的身影
涧河边那缕清风
正穿越田野
传诵你写下的诗句

魂去来兮
在第一军营地
你那行囊中装着梦，装着书，装着诗
熄灯号响了
却吹不灭那盏向往的心灯
你走进破旧的仓库
用黑布蒙严窗户
那苦读的身影
如蛰伏的龙，洞中的虎

魂去来兮
在经五路那个旧宅
盛满了
诗的激情
诗的灵感
诗的足迹

留下的不是一箩筐一箩筐闪烁的证书
不是南船（川）北马关东张
近交远播的名气
高山仰止送之不去你的身影
真实如幻河之石
谦虚如大地无语
儒雅如低处的光
沉默如花红触地

九月
这个九月
一阵又一阵叫魂的响器
脱去了尘世虚伪的外衣
你裸露着金黄色的皮肤
连同剩下的骨头
投向烈火
去寻找
很久很久的十九层神秘
那是无限和有限的深处
那是光明和黑暗的连接处

也是诗的隐喻

你的遗嘱……

（注：此诗为悼念著名诗人马新朝先生而作）

致曼德拉

这封寄往南非的信
迟到了将近一个世纪
可谁能理解
写信的人
那双敬仰的目光
正凝聚感动的泪滴
曼德拉同志
请允许我这样称呼你
因为我们同是大地的儿子
都是为了自由而生的战士
当不公正的法律
以种族的名义把黑白隔离
索菲亚顿的炊烟
笼罩着极端的恐惧
乡野的书包
城镇的灯光
医院的呻吟

填满了不应有的歧视
为了平等，你举起民族之矛
戳破主宰者的无理
为了自由，你唱响抗议之歌
被关进牢狱……

曼德拉先生
请允许我这样称呼你
因为你是黑夜里的一盏明灯
我是灯下的一位学生
当罗本岛的时钟停止了摆动
你怕失去真善的记忆
在牢房的墙壁
书写美丽的生命
当狱警用刀子
把一封封思念的心切碎
你把爱埋入心底
你把爱种入土地
那颗长出微笑的红番茄
那株长出希望的青辣椒
那个长出期待的紫洋葱

仍在感激穿着囚衣
播种自由的园丁

曼德拉阁下
请允许我这样称呼你
因为你是一位平民的总统
也是总统中的一位平民
面对 1990 年开普敦广场欢迎的人群
面对 1993 年诺贝尔和平奖的贺词
面对 1994 年当选为南非总统的荣光
面对 2009 年联大通过的“曼德拉国际日”
你想去广袤的沙漠
无际的荒野
找到非洲统一的意象
你想在母亲的墓地跪拜
你想在小河里游泳
在星光下烤玉米
在山坡上漫步
你想骑在牛背上唱诗

如今，你深深地走进生养你的故乡

那里的蓝天留下了一双自由的翅膀
那里的大地留下了一个宽恕的胸膛
那里的高山留下了一副仁爱的肩膀
那里的大海留下了一个正义的航向
我希望，这封寄给你的信
能随你的身躯一起下葬
我祈祷，这首写给你的诗
能伴随你的灵魂安放在自由的天堂

附录：创作年表

篇　名	创作时间及说明
卷一	
中原大风歌	2017 年 10 月
灵魂之鸟	2015 年 8 月 30 日为纪念抗日战争胜利 70 周年而作
牧歌	2014 年 5 月
诗神酒歌行	2017 年 9 月
今晚，和诗圣一起饮酒	2016 年 4 月 2 日为第二届杜甫诗歌节而作
向北，向北奔流的生命	2014 年 9 月 16 日随南水北调采风团于渠首陶岔
渠首，盛开的格桑花	2014 年 9 月 16 日
握住你的手	2014 年 5 月为五四青年节而作
你和我	2013 年 12 月为纪念焦裕禄同志诗歌晚会而作
见义勇为之歌	2017 年 4 月 5 日为见义勇为颁奖晚会而作
铜锣	2017 年 7 月 4 日
荷塘	2017 年 7 月 4 日
渡口	2014 年 3 月于云南边境
放生之灵	2015 年 4 月于郑州
春天正在请客	2015 年 4 月于郑州

逃离	2016 年 12 月 20 日至 25 日作于从郑州至海南途中
逐雾驱霾	2017 年 1 月 6 日于海南石梅湾
延安抒情曲	2014 年 4 月
寻梅	2015 年 1 月 19 日
承留畅想曲	2014 年 4 月 26 日于济源市

卷二

新时代的绿色诗章	2017 年 10 月 24 日、11 月 28 日发表于中国诗歌网
中国诗井	2017 年 4 月 29 日
清明，去开封读诗	2016 年 4 月 5 日
水润绿城	2017 年 9 月 10 日
中牟诗章	2015 年 11 月 5 日
走进重渡沟	2015 年 1 月 15 日
郝堂印象	2015 年 5 月 9 日赴郝堂采风，5 月 10 日创作
函谷之道	2015 年 5 月 28 日
五指山，又见银河	2015 年 7 月 8 日凌晨于海南五指山
汉江上的第三个月亮	2015 年 7 月 20 日随中国作家采风团赴襄阳，是日夜乘船夜游汉江即兴而作
月色挂满故乡	2014 年 9 月 16 日于郑州随诗友夜游福胜寺塔而作
又新又美的长春姿势	2014 年 8 月
我的诗歌在烟台飞翔	2017 年 11 月 29 日于郑州

忆海南	2017 年 2 月 3 日读二月河、杨诚勇先生诗作随即奉和
界岭	2017 年 7 月 10 日至 8 月 12 日居西峡太平镇老界岭，8 月 12 日上午创作
感恩乡愁	2014 年 9 月 29 日于郑州
我们一起去扶贫	2017 年 11 月 18 日初稿，23 日修改于郑州

卷三

母亲叫醒的诗篇	2017 年 1 月 23 日为河南省迎春诗会而作
诗在故乡	2017 年 11 月 11 日于南阳
汉画里的祖先	2017 年 11 月 11 日赴南阳汉画馆参观，写于 11 月 20 日
如月	2017 年 8 月 26 日于郑东新区
影子	2017 年 6 月 13 日于郑州
神往	2015 年 2 月于海南五指山
野草	2016 年 3 月于郑州
榕树	2014 年 3 月于云南
高雄西子湾	2015 年 6 月 16 日晨于台湾高雄
黄河，向晚的夏天	2015 年 6 月于黄河花园口
那场秋雨那把伞	2016 年 10 月 25 日晚于郑州纬四路
无	2017 年 8 月 28 日
钓海	2015 年 2 月 14 日于海南三亚

失联	2015 年 7 月 5 日凌晨于琼州海峡
如果	2015 年 5 月 14 日于郑州
告别与相视	2014 年 8 月 2 日于郑州高铁站
你的灵魂已经附体	2014 年 3 月 29 日于郑州
献诗	2015 年 3 月 5 日于海南五指山
云线	2015 年 4 月初从郑州至邓州途中
微笑	2013 年 4 月 9 日于韩国首尔机场
海鸥看我练太极	2013 年 4 月 12 日下午于加拿大多伦多安大略湖畔
雪花中的舞者	2013 年 4 月 10 日于温哥华第一滑雪场威斯勒
感兴新加坡	2014 年 12 月 10 日于新马海关
温哥华的时钟	2013 年 4 月 10 日雨中于温哥华
看望自由女神	2013 年 4 月 15 日于纽约
梦和影子	2015 年 12 月 17 日于郑州
玻璃的感叹	2014 年 2 月 20 日晨于北京
莫嫌弃	2016 年 12 月 31 日于海南五指山
初恋葡萄	2017 年 6 月 11 日王克炜先生自加拿大归来和画家赵葡萄酣饮即席而作
送之不去的身影	2016 年 9 月 5 日为悼念兄长著名诗人马新朝先生而作
致曼德拉	2013 年 12 月 20 日为纪念曼德拉总统而作